Cuentos con beso para las buenas noches

Vanesa Pérez-Sauquillo

Ilustraciones de
Almudena Aparicio

ALFAGUARA

Para Arwen, que inventa el idioma de sus propios cuentos, y para todos los niños que son como ella.
V. P. S.

A Arminda y Luciano, por todos los besos que aún me dan a la distancia.
A. A. A.

ALFAGUARA

www.librosalfaguarainfantil.com

D.R. © Del texto: Vanesa Pérez-Sauquillo, 2013
D.R. © De las ilustraciones: Almudena Aparicio, 2013
D.R. © De la edición española: Santillana Ediciones Generales, S. L., 2013

D. R. © De esta edición:
Santillana Ediciones Generales, S.A. de C.V. , 2013
Av. Río Mixcoac 274, Col. Acacias
C.P. 03240, México, D.F.

Alfaguara es un sello editorial del **Grupo Prisa**.
Éstas son sus sedes:

ARGENTINA, BOLIVIA, CHILE, COLOMBIA, COSTA RICA, ECUADOR, EL SALVADOR,
ESPAÑA, ESTADOS UNIDOS, GUATEMALA, MÉXICO, PANAMÁ, PARAGUAY, PERÚ,
PUERTO RICO, REPÚBLICA DOMINICANA, URUGUAY Y VENEZUELA.

Primera edición: noviembre de 2013

ISBN: 978-607-11-3020-4

Impreso en México

PRISA EDICIONES

Esta obra se terminó de imprimir en Noviembre de 2013, en los talleres de Impresora Tauro S.A. de C.V.
Plutarco Elías Calles No. 396 Col. Los Reyes. Delg. Iztacalco C.P. 08620. Tel: 55 90 02 55

Índice

Un sinfín

de besos

Hace muchos, muchos años existió un mago tan poderoso y malvado que **eliminó los besos de todos los cuentos.**

Así que, desde aquel día y durante muchos siglos, los finales eran horribles: al príncipe rana solo podían convertirlo en joven de nuevo dándole un **pellizco.**
A la Bella Durmiente había que despertarla con un... **golpazo** de odio verdadero.

Para sacar a Blancanieves de su encantamiento, en vez de besarla...
¡había que picarle un **ojo con el dedo!**

Todo era espantoso. Los personajes de los cuentos se la pasaban muy mal.

Las princesas y los príncipes se llenaron de chichones y de moretones,

y cada vez que interpretaban su historia se ponían siempre de muy mal humor.

¿Quieres saber cómo se rompió la maldición?

¿Si fue gracias a un hada, a un príncipe valiente o a un amuleto mágico? Pues verás, nada de eso: los auténticos héroes que salvaron los cuentos fueron **los propios niños**. Los niños que, cada noche, le pedían a sus abuelas que, «por favor, solo por esta vez», cambiaran un poquito el final, y que en vez de un manazo la princesa le diera al príncipe... un **beso** de amor.

Un niño, otro niño, trescientos niños, mil niños pidiendo besos. Besos grandes y besos pequeños. Besos de buenas noches, besos de amor verdadero, besos de hermanito a hermanita, besos de despedida... Así, día tras día, semana tras semana, mes tras mes, año tras año y siglo tras siglo, los cuentos volvieron a llenarse de cariño, de caricias... y de besos. Porque los mejores besos están hechos para los cuentos, y los mejores cuentos, para los niños.

¿Puedes encontrar todos los **besos** de este libro de **cuentos**?

¡Aquí hay

gato encerrado!

En un pequeño pueblo de Inglaterra, vivía una señora mayor llamada Missy. No tenía familia ni amigos, y aunque su gata le hacía compañía, había días en los que se sentía muy sola.

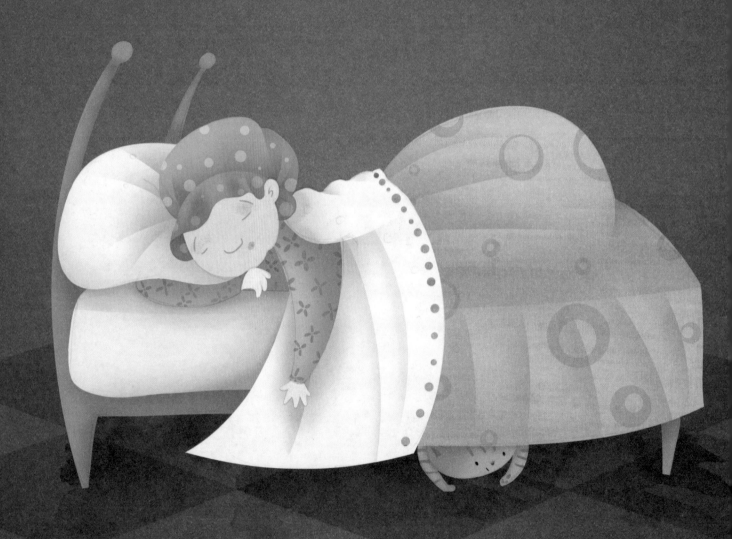

Una noche, mientras la señora Missy dormía,
la gata abrió el refrigerador y metió las patas
en la salsa de tomate. Se acercó a la cama de
su dueña y, con mucho cuidado...

¡plaf, plaf!

Le manchó de rojo las mejillas y los labios.

La señora Missy seguía durmiendo.
Después, la gata rascó con sus garritas el
moho que había en un trozo de pan viejo y,
con ese polvo verde...

¡plis, plas!

Le coloreó los párpados.

La señora Missy seguía durmiendo.
Luego deslizó la cola sobre las cenizas
de la chimenea y...

¡zas, zas!

Le pintó de negro las pestañas.

Al terminar, la gata apagó el despertador
con el hocico y se echó a dormir a sus pies,
como si nada hubiera pasado.

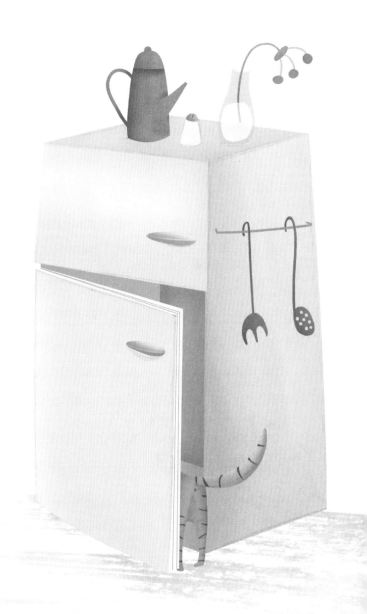

Esa mañana, cuando la señora Missy se despertó, el sol ya estaba muy alto en el cielo.

—¡Ay! ¡Qué tarde es! —dijo mirando el reloj—. ¡Con todas la cosas que tengo que hacer!

Desayunó, se vistió y salió de casa tan deprisa que ni siquiera se lavó ni se miró en el espejo. Con la cara así pintada, la señora Missy fue al mercado, a la panadería, a comprar flores para la sala... Y nadie le dijo nada.

Pero cuando volvía a casa, se encontró con el señor Marvel. El señor Marvel también vivía solo con su gato. La señora Missy lo conocía desde hacía mucho tiempo, pero ¡qué elegante estaba el señor Marvel aquel día! ¡Tenía la camisa bien planchada, olía a colonia, no tenía pelusas en el sombrero ni en el saco...!

La señora Missy le sonrió. El señor Marvel sonrió también:
—Señora Missy, ¡qué guapa está usted hoy! —dijo él, besándole la mano.
Ella se puso todavía más colorada.

—¿Me dejaría invitarla a tomar un té con galletas esta tarde, alrededor de las cinco? —preguntó el señor Marvel.

—Con mucho gusto —respondió la señora Missy.

Los dos se despidieron con la ilusión de volverse a ver.

Mientras se alejaban, una hojita cayó sobre el hombro del señor Marvel. Cuando nadie veía, la cola de un gato salió de debajo del sombrero y... ¡plaf, plaf!, se la quitó.

Le sacudió rápidamente el polvo de los hombros, ¡plis, plas!, le arregló el cuello de la camisa, ¡zas, zas!, y volvió a desaparecer bajo el sombrero.

La señora Missy regresó a casa y, al mirarse en el espejo, se dio cuenta de lo que había ocurrido. Bailando de alegría, levantó a su gata en el aire y le dio un beso. Un beso que le dejó una mancha riquísima de salsa de tomate.

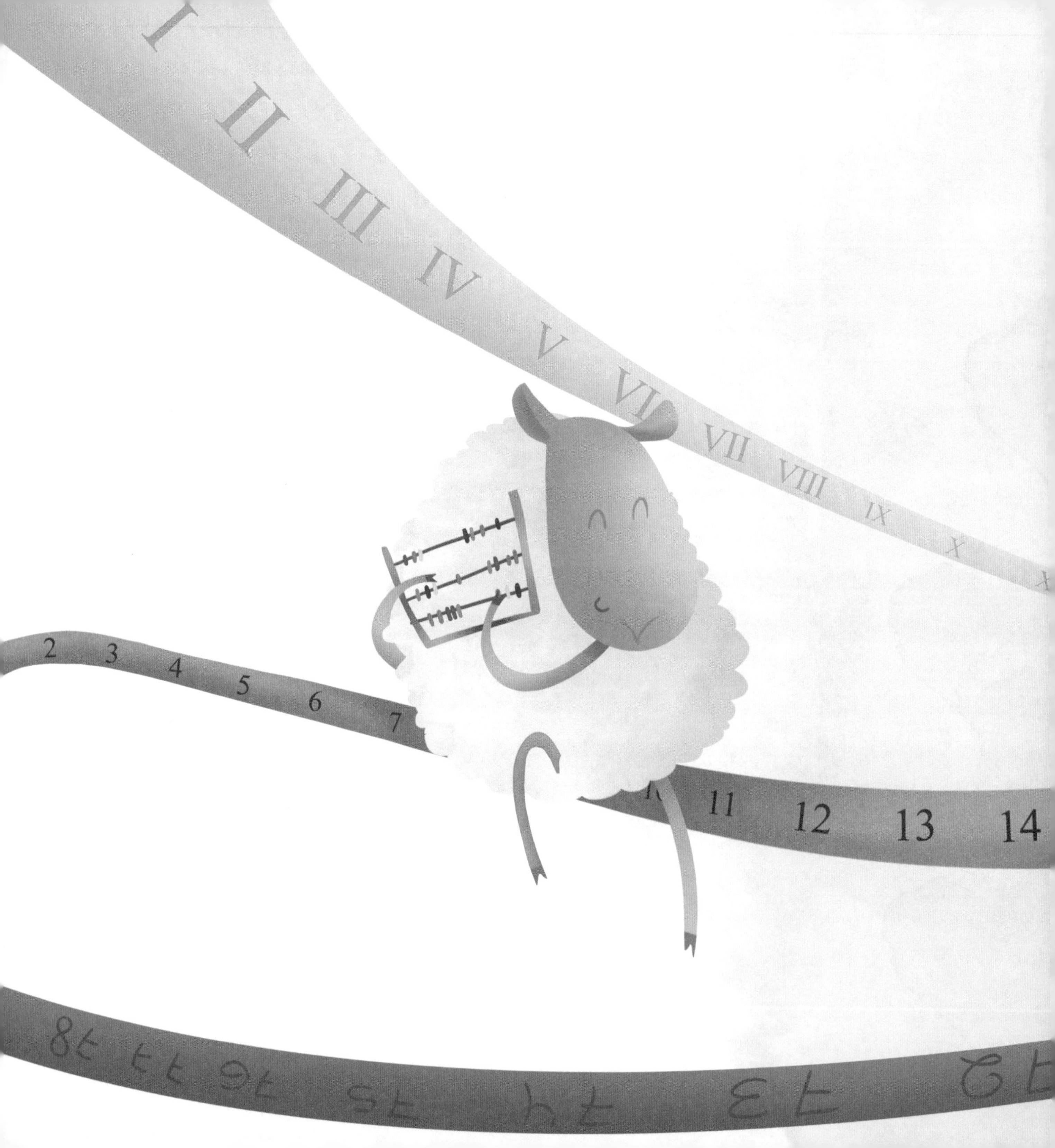
I II III IV V VI VII VIII IX X
2 3 4 5 6 7
11 12 13 14

La oveja que sabía contar

Esta es la historia de una pequeña oveja que un día aprendió a contar. Y le encantó. Se pasaba el día contando flores, y nubes, y hojas, y también ovejas.

Uno, dos, tres, cuatro, cinco, seis...

Lo malo es que también se pasaba la noche cantando «uno, dos, tres, cuatro, cinco, seis...», hasta que se quedaba dormida.

Y esto, al resto del rebaño le molestaba muchísimo. Cuando la noche estaba en completo silencio y las ovejas ya habían cerrado un ojo y estaban a punto de cerrar el otro, una vocecita empezaba: «uno, dos, tres, cuatro, cinco, seis...».

¡Silencio! ¡Ya cállate!
¡Ya duérmete!

Gritaban las ovejas, una noche tras otra. Hasta que, después de una semana, la ovejita decidió irse lejos del rebaño, a la orilla del lago.

Esa noche, las ovejas no pudieron dormir. Se movían de un lado a otro, daban vueltas y vueltas sobre la hierba, se frotaban los ojos, bostezaban... Pues echaban de menos a aquella vocecita que decía:

Uno, dos, tres, cuatro, cinco, seis...

Así que, cuando ya casi era de día, fueron a buscar a la ovejita. La encontraron y descubrieron que, con su «uno, dos, tres, cuatro, cinco, seis...» había arrullado a los peces, a las ranas y a los pájaros del lago.

—¡Vuelve a casa! —le pidieron las ovejas—.
¡Te extrañamos!

—¡No! ¡Quédate con nosotros! —dijeron los peces, las ranas y los pájaros del lago—.

¡Contigo dormimos mucho mejor!

¿Y sabes lo que hizo nuestra oveja?
Le enseñó a contar a los peces, a las ranas y a los pájaros del lago, y volvió a casa
con su rebaño.

Uno, dos, tres, cuatro, cinco, seis...

Cuando el pastor llegó por la mañana, las encontró a todas durmiendo.

Caca
de
dragón

Érase una vez un dragón que vivía con su hijo pequeño.

Como todo el mundo sabe, los dragones tienen que dormir encima de un tesoro, si no, no duermen bien. Pero el hijo del dragón todavía era un bebé y se llevaba todo a la boca, así que se comía muchas de las joyas y las monedas de oro.

Su padre estaba muy preocupado, porque el tesoro era cada vez más pequeño.

Cuando salían a pasear, mientras volaban sobre el reino, el bebé dragón dejaba caer enormes cacas llenas de joyas y de monedas sobre las casas y los campos. ¡Y a la gente no le daba nada de asco recogerlas!

—¡Corran! ¡Por ahí viene el bebé dragón! —decían—.
¡Vamos a saludarlo!
—¡Sí, llámenlo para que se acerque!
El papá dragón siempre acababa regañando a su hijo.

No muy lejos de ahí, en una cabaña hecha de ramas,
vivía Nikolai con su familia. Nikolai era un niño
campesino y trabajaba todo el día para ayudar a
sus padres. La tierra era muy pobre, pero los
padres de Nikolai la compraron porque el
paisaje era precioso y desde allí se veían los
atardeceres más bonitos del mundo.

Nikolai, que era muy listo, comenzó a
pensar en trucos para hacer que el
bebé dragón se acercara a su casa. Y
se le ocurrió tirar su ración de pan
al tejado. Pero aquel día, el bebé
dragón y su padre dieron su
paseo en otra dirección, y los
pájaros se comieron el pan.

«¡Cómo le suenan las
tripas a Nikolai!», pensó
su madre esa noche.
¡El pobre estaba
muerto de hambre!

Al día siguiente, Nikolai decidió arriesgarse un poco más y metió dentro del migajón del pan el único tesoro que tenía: una pequeña moneda. Dándole un beso para que le diera buena suerte, volvió a tirar el trozo de pan al tejado.

Aquel día los dragones sí pasaron por ahí, y el bebé dragón, acostumbrado al olor de las monedas, se paró encima del tejado a comer el pan. Justo cuando se marchaba, empezó a atardecer, y fue un atardecer tan bonito que el bebé dragón se quedó ahí sentado durante un rato, mirando al sol ponerse encima de los campos. Y es que los dragones tienen una relación muy especial con el sol, porque ambos tienen fuego dentro. En las puestas de sol, los dragones les suelen cantar una canción de buenas noches.

Después el papá dragón pasó a recoger a su hijo y los dos se fueron volando. Cuando Nikolai subió al tejado con una pala para recoger la caca de dragón, descubrió que en ella... no había ninguna moneda.

Aquel día el dragón no había comido del tesoro.

Nikolai estaba tan triste y tenía tanta hambre que ya no intentó nada más. Estuvo un par de horas limpiando el tejado con la pala y echando aquella caca en el huerto que estaba detrás de la casa.

El día siguiente fue tan normal como cualquier otro día. Pero, para su sorpresa, cuando llegó la hora del atardecer, el bebé dragón apareció con su padre. Quería enseñarle aquel espectáculo tan especial.

Esa tarde, en vez de mirar la puesta de sol, la familia de Nikolai se sentó frente a la casa a contemplar y escuchar a los dos dragones, que estaban tan a gusto sobre su tejado, cantándole al sol.

Pero, de pronto... oh, oh... crac, crac, crac...

¡CATACRAC!

Con tanto peso, el tejado, que estaba hecho de ramas, ¡se derrumbó! ¡Vaya caos se armó en un instante! Los asustados dragones salieron volando. Nikolai y sus padres corrieron hacia los restos de la casa y...

¡Tachán!

Encontraron la caca de dragón más grande que habían visto jamás, pero no era del papá dragón, como estarán pensando...

¡Sino que el pobre bebé dragón se había hecho caca del susto!

Pero buscando y rebuscando, no encontraron ningún tesoro.
Lo que sí descubrieron a la semana siguiente fue que la
caca de dragón es el abono más poderoso del mundo,
y que todas las plantas que tenían en el huerto
habían crecido hasta volverse gigantes.
Enseguida fueron al mercado a venderlas
y se hicieron ricos.

Desde entonces, siempre que la gente de los alrededores encontraba una caca de dragón y se llevaba las monedas, creyendo que era lo único valioso, Nikolai y su familia se dedicaban a recoger el abono y lo esparcían sobre sus tierras. Gracias a esto se construyeron una casa mucho más grande, y su vida fue mucho mejor. Como ya no tenían que trabajar tanto y tenían comida de sobra, podían contemplar las puestas de sol... ¡y también los amaneceres!

Pero de todo esto, lo que más ilusión le dio a Nikolai es que, una mañana, junto a una enorme calabaza de la huerta, encontró una cosa que había estado escondida en la caca de dragón:

su pequeña **moneda.**

Hubo muchas historias curiosas como la de Nikolai, pero, con el tiempo, el bebé dragón creció y dejó de comer joyas y monedas. A pesar de eso, cada vez que salía a dar un paseo, dejaba caer algún regalo de su tesoro.

La gente del reino siempre le tuvo mucho cariño. Nunca permitió que los caballeros cazadragones lo molestaran. Y cuando el bebé dragón ya fue muy, muy viejito, le hicieron una estatua para que los hijos de sus hijos también lo recordaran.

El genio de la lámpara desordenada

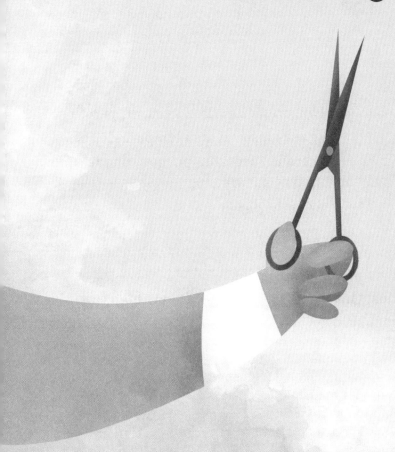

¿Alguna vez has oído hablar de las lámparas maravillosas?

No son fáciles de encontrar, pero, por si acaso, si ves una lámpara de forma extraña, frótala, porque puede que dentro de ella viva un genio y te conceda un deseo.

Esta es la historia de uno de esos genios. Uno muy desordenado. O más bien, un genio que vivía en una lámpara desordenada.

Cada vez que su madre venía a visitarlo, lo regañaba:

—Ay, geniecito mío, ¿cómo puedes vivir en este desastre? ¡Qué desordenado eres!

—No soy yo el desordenado —respondía él—. Es la lámpara la que está desordenada.

La verdad es que el pobre genio cuando necesitaba algo nunca lo encontraba.

Un día, un joven encontró la lámpara, la frotó y le pidió un deseo:

—Quiero ser rico.

El genio empezó a buscar los sacos de monedas que tenía en alguna parte, pero había tanto desorden que no fue capaz de encontrarlos. Así que abrió un cajón, tomó lo primero que vio y se lo dio al chico.

Eran unas tijeras.

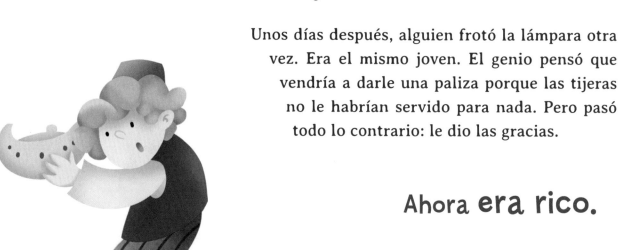

Unos días después, alguien frotó la lámpara otra vez. Era el mismo joven. El genio pensó que vendría a darle una paliza porque las tijeras no le habrían servido para nada. Pero pasó todo lo contrario: le dio las gracias.

Ahora era rico.

—¿Cómo lo has hecho? —preguntó el genio sorprendido.

—Pues fui al palacio del sultán, salté el muro y entré en el jardín. Como me gustan mucho las plantas, tomé las tijeras y lo arreglé todo. Lo dejé tan, tan bonito, que cuando el sultán apareció, se quedó maravillado. Me ha regalado un cofre lleno de joyas y me ha nombrado jardinero real.

El genio no lo podía creer.

¡¡Las tijeras habían funcionado!!

—Pero ¡ay! —continuó el chico—. Ahora soy muy infeliz porque me he enamorado de su hija y necesito pedirte otro deseo:

Quiero casarme con ella.

El genio se puso colorado. ¿Dónde había puesto la poción de amor? Le dijo:

—Espera un momentito...

Entró en su lámpara y empezó a buscar como loco. Lo puso todo patas arriba, pero fue incapaz de encontrar la poción de amor. Además, con tanto polvo que había, estornudó por lo menos catorce veces. Al final, para solucionar el problema, cerró los ojos, dio un par de vueltas y... señaló con el dedo al azar: ¡un paraguas!

—¿Qué es esto? —preguntó el joven. Como en Arabia llovía muy poco, no había visto un paraguas en su vida.

—Es... un paraguas —respondió el genio—. Justo lo que necesitas para ganar el corazón de la chica. Y ahora, ¡adiós, adiós! Que tengo cosas que hacer... —se despidió para no tener que darle más explicaciones.

Un par de días después, el joven frotó la lámpara otra vez. Ahora sí que estaría enfadado... Pero no.

—¡Gracias, genio! —le dijo—. ¡Me voy a casar con ella dentro de siete días!

—Pero, ¿cómo es posible? —le preguntó sorprendido.

—Pues... como dijiste que era un «para aguas» lo abrí y lo llené de agua. Después le puse un par de peces de colores y una flor de nenúfar, y cuando mi amada salió al jardín, le regalé algo que ninguna otra joven de Arabia tiene: un oasis para llevar a cualquier parte. Y desde ese momento...

¡se quiso casar conmigo!

El genio se quedó boquiabierto. Se dio cuenta de que, en el fondo, uno puede conseguir todo lo que desee con un poco de imaginación.

—Pero me gustaría pedirte un último favor.

El genio comenzó a temblar. Se sentía tan mal que pensó: «¡Tengo que ordenar la lámpara ya! ¡Esta es la última vez que soy desordenado!».

—Quiero... —dijo el joven—, ¡que seas nuestro invitado en la boda!

El genio sonrió. ¡Eso sí lo podía cumplir! Y aquella fue la boda más bonita que jamás vio.

Un día, la madre del genio volvió a visitarlo. Le traía un regalo:

¡era una escoba!

El genio miró aquella cosa, la rodeó, la puso boca abajo, boca arriba... y... aunque le costó bastante saber para qué servía... al final, lo consiguió.

Y le dio un beso enorme a su madre.

¡¡Siempre había querido volar!!

¡¡Qué rica castaña!!

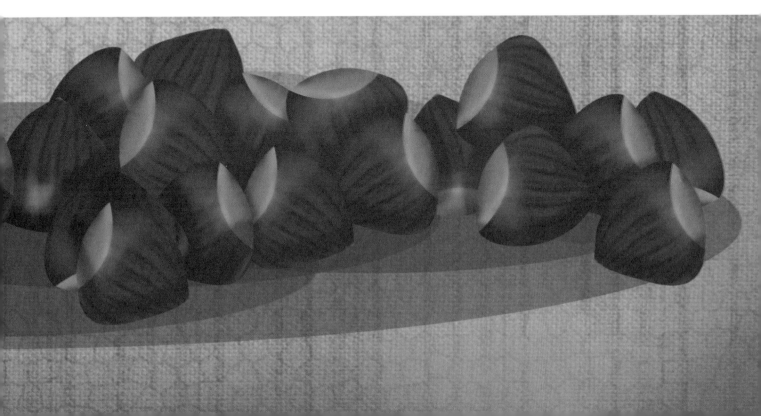

Una noche oscura,
junto a una fogata,
gritaba Pituca,
Pituca la Rata:

—¡Castañas calientes!
—¡Castañas asadas!
—¡Castañas blanditas!
—¡Castañas doradas!

Llegó un gusanito
cansado de andar.
Le dijo a Pituca:
—Quisiera un hogar.

Llegó un gorrión:
—Yo quiero un sombrero
para ir por el cielo
como un caballero.

Y llegó una ardilla
dentro de una bota
pegando saltitos:
—Quiero una pelota.

—Por favor —rogaron
con pena sincera—,
¿puedes ayudarnos,
linda castañera?

Pituca la Rata
agarró una vara
y, pensando en todos,
pinchó una castaña.

—Para ti, gusano,
aquí hay un **hogar.**
Al fondo a la izquierda,
la sala de estar.

—Gorrioncito, toma,
péinate hacia atrás.
Cáscara más fina
no la encontrarás.

Entonces al fruto
dio una gran patada.
—¡Tu **pelota**, ardilla!
—gritó emocionada.

—¡Esta **casa** vuela!
—soltó el gusanito—.
¡Me haré una ventana!
¡Le pondré un velito!

Pituca, dejando
un mundo feliz,
se **besó** a sí misma
y se fue a dormir.

Una **nube** sin **patas**

Como todo el mundo sabe, las nubes siempre que están contentas vuelan por el cielo. Cuando están tristes, se arrastran por la tierra y esto es lo que hace que haya días de niebla.

Pues resulta que había una nube que estaba tan triste que no podía volar, y por eso tampoco conocía a las demás nubes. Se arrastraba por los campos dejando a su paso lágrimas de lluvia.

De vez en cuando, tropezaba con alguna persona, quien de pronto no veía nada, porque se había quedado atrapado dentro de ella. Y como la nube sentía cosquillas, le ganaba la risa y flotaba un poquito antes de volver a caer y arrastrarse de nuevo.

Un día, al pasar por un prado, se encontró con un rebaño de ovejas y se puso a hablar con una de ellas. Era pequeña y estaba contando flores.
—Una, dos, tres, cuatro, cinco, seis... Buenos días —dijo la ovejita al ver a la nube—. ¿Qué te pasa? ¿Por qué estás triste? —le preguntó, viendo su cara de pena.
—¡Ay! —respondió la nube—. ¿Es que no lo ves?
¡No tengo patas!

La ovejita se quedó sorprendida.
—¿No tienes patas? ¡Es verdad! —dijo, mirándose sus propias patas—.

Pero tal vez lo podemos solucionar.

La ovejita pensó durante un rato.

—¿Por qué no te subes encima de mí? Así, de lejos, parecerá que mis patas son las tuyas.

La nube se puso muy contenta y la obedeció.
Ahora parecía una oveja enorme, una ovejaza,
con unas patas muy, muy pequeñas y delgaditas.

La ovejaza empezó a andar, haciendo eses, y como no veía nada, tropezó con un **árbol**, con un **perro**,

con una familia de **conejos** que pasaba por ahí, con una **guitarra** abandonada que se le enredó entre las patas y,

para terminar de complicarlo todo,

¡tropezó con un **toro**, que la persiguió enfurecido! Y corriendo y corriendo... la ovejaza formada por la ovejita y la nube ¡se cayó de cabeza al río!

¡¡¡PLAS!¡!

¡Menos mal que las dos sabían nadar!

Cuando salieron del agua, estaban empapadas. Y se vieron tan feas y tan graciosas, que empezaron a reírse, y

la nube empezó a flotar,

y subió, y subió más... riéndose sin parar, hasta llegar al cielo.

Y allí se dio cuenta de que había otras nubes que eran como ella:
¡no tenían patas!

—¡Adiós, nube!

—le gritó la oveja, viendo cómo se
alejaba haciendo piruetas. La nube,
desde lo alto, le lanzó un beso.

Después, nuestra oveja se sacudió el agua. «Volar parece tan bonito...»,
pensó. Pero luego se miró las patas y se le escapó una sonrisa: podía
hacer un bailecito de vez en cuando.

Luego volvió a contar flores, que era lo que más le gustaba en el mundo.

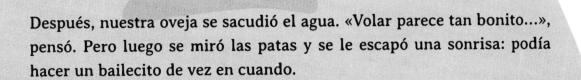

—Una, dos, tres, cuatro, cinco, seis...

La Ratoncita Pérez

Seguramente todos saben quién es el Ratón Pérez. E incluso hasta a algunos de ustedes les habrá dejado un regalo a cambio de un diente.

Pero pocos habrán oído hablar de

la Ratoncita Pérez.

Y es que la Ratoncita Pérez no tenía nada que ver con el Ratón Pérez: no le interesaban los dientes y como le encantaban los regalos, lo que quería era que se los dieran a ella, ¡no dejarlos debajo de la almohada de ningún niño!

Su problema era que se llamaba Ratoncita Pérez, y todo el mundo creía que tenía algo que ver con este ratón.

—¿Eres la hija del Ratón Pérez? ¿O su esposa?

—le preguntaban todo el tiempo.

La Ratoncita Pérez se cruzaba de brazos y sacudía la cabeza.

—¡Ni la hija,
ni la esposa,
ni la abuela, ni la nieta!

Pero, ¡si me encuentro con
ese tal Ratón Pérez,
se va a enterar él de quién soy yo!

—respondía
siempre enfadada.

El caso es que hubo unos días en los que se dio la coincidencia de que a casi todos los **niños** se les empezaron a caer los dientes. Y el Ratón Pérez no tenía tiempo de llegar a tantas casas a la vez. Los niños se despertaban por la mañana y... donde esperaban hallar un regalo o una moneda, se volvían a encontrar el diente que habían dejado.

En esas casas las almohadas se llenaban de lágrimas.

La gente empezó a quejarse del Ratón Pérez y, claro, también se quejaban de él con la Ratoncita Pérez.

—¿Es que no vas a hacer nada para ayudarle a tu padre? —le decían algunos.

—Tu marido se ha vuelto un poco flojo, ¿no? —le decían otros—. ¿No puedes solucionarlo? ¡Pobres niños!

La ratoncita escuchó esos comentarios
hasta que se le acabó la paciencia y gritó «¡Ya basta!»,
y decidió solucionar el problema ella misma. Iría a algunas
de las casas donde sabía que había dientes debajo de las
almohadas. Pero… al no tener ni idea de cuáles eran los
regalos que les gusta recibir a los niños, preparó el tipo
de regalo que le gustaría recibir a un ratón.

Por ejemplo, una pelusa.
O una ramita con un hilo rojo envuelto en la punta.

¡Imagínense las caras de esos niños que
encontraban debajo de la almohada una
cáscara de
naranja!

¡O con una «cosa» café clavada en un alambre!
¡Aquello era todavía peor que encontrar
de nuevo su propio diente!
¡Al menos su diente estaba limpio!

La ratoncita volvió a su casa muy contenta después de llenar las almohadas de regalos. Y cuando al día siguiente el Ratón Pérez llamó a la puerta de su casa, pensó que vendría a darle las gracias.

—¿Eres el Ratón Pérez?

—preguntó al verlo, muy alegre.

—¿Y tú la Ratoncita Pérez?

—preguntó él, enojadísimo.

Pero en cuanto vio a la preciosa ratona, que estaba feliz creyendo que había hecho algo maravilloso, al Ratón Pérez se le pasó el enojo. Empezaron a platicar y se dio cuenta de que la ratoncita había cometido un error, pero que su intención había sido buena. Muy buena.

—¿Entonces, te la has pasado bien dejándoles regalos a los niños? —le preguntó él. Es que desde hace tiempo sé que necesito un ayudante —continuó—. ¿Te gustaría venir conmigo a buscar dientes todas las noches del año?

La Ratoncita Pérez se puso roja. Luego blanca. Luego empezó a tartamudear, y al final se desmayó de la emoción.

—¡Claro que sí! —dijo cuando por fin se despertó y se encontró en brazos del Ratón Pérez abanicándola con una galleta.

Desde aquel día trabajaron siempre juntos (eso sí, ¡él preparaba los regalos!), y con el tiempo ella se convirtió en **la verdadera esposa del Ratón Pérez.**

Pero tengan en cuenta que, si alguna vez en lugar de la moneda o la sorpresita que esperaban, encuentran algo horrible debajo de su almohada... es que la Ratoncita Pérez no ha podido resistirse y les ha dejado el mejor de todos los regalos:

el regalo favorito de un ratón.

Y, además, si se concentran con mucha fuerza, podrán recordar el cosquilleo de sus bigotes en la mejilla al darles un beso de buenas noches.

El monstruo de las mil caras

Había una vez un **cuento** con un **monstruo** tan **terrorífico**
que los padres siempre lo tenían que tapar con la mano
para que los niños no se asustaran.

Pero un día, un niño que leía
mucho ese cuento, le dijo al
monstruo, temblando de miedo:

—Monstruo, eres horrible, pero...
si yo fuera tu amigo,
¿qué cara pondrías?

Y esta es la cara
que puso el monstruo:

Desde entonces, el cuento dejó
de ser un cuento de miedo.
Todas las noches el niño
le daba un beso de buenas
noches, y el monstruo, para
hacerlo reír, le ponía diferentes
caras: de cabra loca, de perro
poodle, de señor con bigote...

¡Ahora era un cuento
de risa!

El señor
Reverso

(en verso)

El señor Reverso
vivía del revés:
al llegar a casa
le daba a su esposa
un tallo de rosa
y un **beso** en los pies.

Enseñó a sus hijos
en vez del inglés
a hablar el idioma
de los chimpancés.

Salía a pescar
con un ajedrez.
Pescaba gusanos
y el cebo era un pez.

Sus hijos lloraban:
—¡Vaya escena,
que siempre tenemos
gusanos de cena!

Cuando la Luna era bebé

Cuando la **Luna era bebé** tenía unos sueños muy raros.

Un día soñó con una vaca que saltaba **tan alto, tan alto** que pasaba volando por encima de ella. Otro día, soñó que estaba hecha de queso y que una familia muy grande de ratones... se la repartía en trocitos antes de dormir.

Sí, a veces, sus sueños eran pesadillas y se despertaba llorando.

Pero el problema principal de la Luna era que tenía le miedo a la oscuridad. Por eso siempre seguía a **su amigo el Sol**.

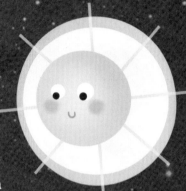

Iba tras él todo el tiempo, dando vueltas a la Tierra muy rápido para que nunca se hiciera de noche.

Y claro, dando vueltas y vueltas sin parar... llegó un momento en que no pudo más y sintió cansancio. Tan cansada estaba que se apoyó en una estrella y, sin acordarse siquiera de que había perdido su chupón, se quedó dormida.

Y cuando despertó... ¡oh, no! ¡El Sol había desaparecido! ¡Y era de noche! La Luna, asustada, empezó a hacer pucheros. Después de todo, no era más que un bebé.

Entonces, cuando estaba a punto de comenzar a llorar, vio que, en la Tierra, todos la señalaban con el dedo.
—¡Miren! —decía la gente asombrada—.

¡Qué bonita!

¿Es una nueva estrella?

¡Es preciosa!

Los perros y los lobos empezaron a aullar de felicidad. Los ruiseñores cantaron para ella. Los poetas le recitaron poemas. Todo el mundo salía a la calle a pasear porque, de pronto, la noche había dejado de ser oscura. Tenía un nuevo sol: era la Luna.

Y dicen que hubo una vaca que, de la alegría, saltó *tan alto, tan alto* que voló por encima de ella y le dio un beso: ¡un lengüetazo pegajoso!

La Luna, después de limpiarse, se quedó pensando un momento.
Luego dio un respingo y exclamó:

—¡Qué bueno que los ratones no vuelan!

Mis botas de lluvia

Simpáticas, buenas,

botas cariñosas.

Cómodas, brillantes,

blanditas, **mimadas.**

Dos túneles grandes

para mis «patitas»,

saltarinas, **locas,**

como dos cabritas.

Con olor a goma,

con olor a pie.

Saltan en los charcos

¡y hasta en el puré!

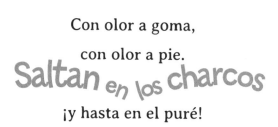

Las **beso** en mi casa.

Las **beso** en la escuela.

Las **beso** en las puntas

pero ¡no en las suelas!

Mis botas queridas...

¿Qué les ha pasado?

Ya no son las mismas.

¡Me las han cambiado!

86

Están rotas, sucias.

¡Me pican! ¡Me muerden!
Me aprietan, me estrujan,

¡me clavan los dientes!

Mis botas amadas...
¡Qué vida más dura!
Duermen ya en un bote...
¡el de la basura!

De los buenos tiempos
(¡qué bonitos eran!)
tengo su foto
puesta en la cartera.

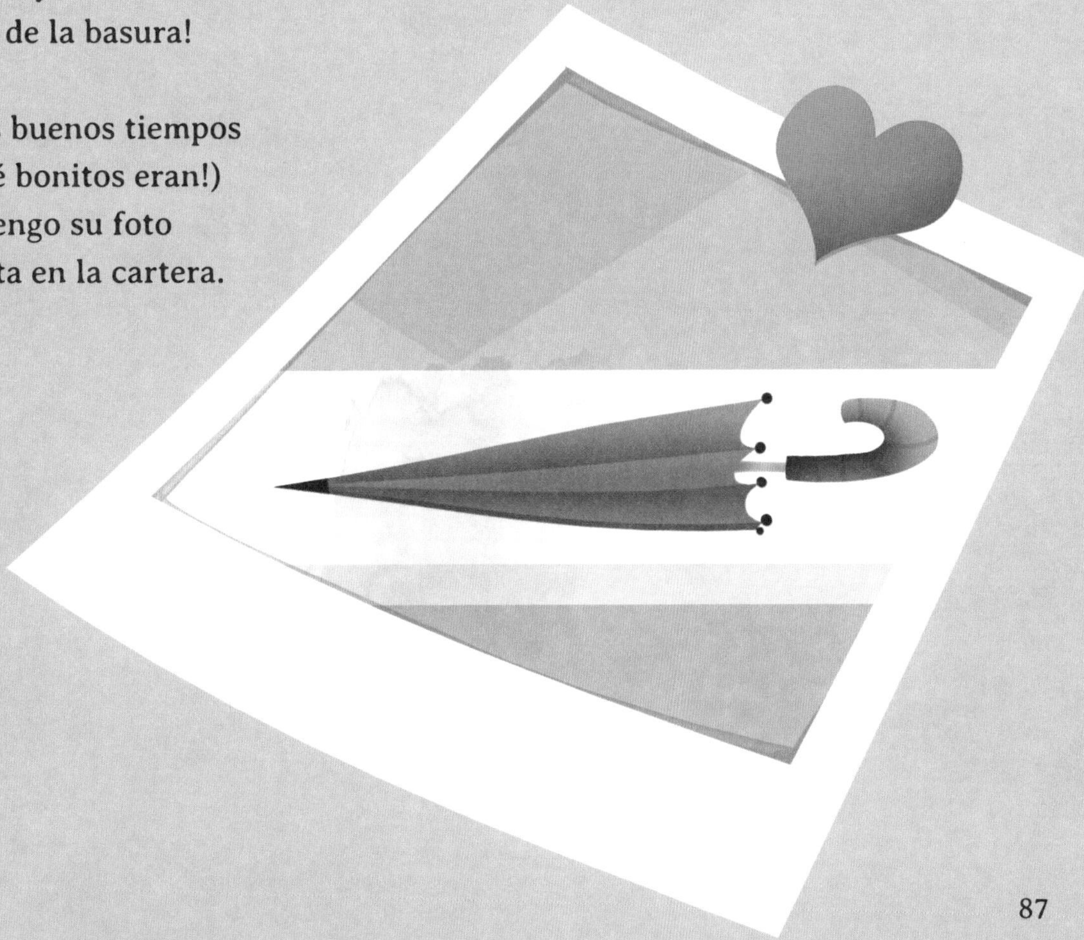

El celular de los deseos

Había una vez un pato que un día encontró un celular. Era un pato de ciudad, vivía en el estanque de un parque muy grande y elegante.

El pato encontró el celular sobre la hierba, se acercó a él y escuchó una voz humana al otro lado. Así que, como había visto hacer a la gente muchas veces, él también se puso a hablar:

—¡Cua, cua, cua, cua! ¡Cua, cua!

—dijo, muy serio.

La voz humana preguntó:

—¿Tamaño medio o familiar?

—¡Cua, cua, cuaaa!

—respondió él.

En menos de una hora, un chico vestido de rojo dejó en el estanque tres pizzas familiares. Aquello fue una fiesta para todos los patos, que nunca habían probado nada tan rico.

Al día siguiente, nuestro pato volvió a acercarse al celular. Oprimió los botones con la pata derecha y escuchó otra voz.

—¡Cua, cua, cua, cua! ¡Cua, cua! —dijo, muy seguro.

—¿Para veinte personas? —preguntó la voz.

—¡Cuaaa!

—respondió él.

Después de unas horas, dejaron en el estanque tres enormes cajas llenas de disfraces maravillosos: de princesa, de bombero, de mosquetero, de Caperucita... ¡y hasta había un disfraz de pato! Todos se volvieron locos de felicidad. El estanque se convirtió en un auténtico desfile de carnaval.

Esa noche, el pato durmió abrazado al celular.
A la mañana siguiente, volvió a marcar los botones con la pata. Una voz dijo:
—Computadoras S. A., ¿en qué puedo servirle?

—¡Cua, cua, cua! ¡Cua, cuaaaaa!

En ese momento, un par de patitos que compartían un disfraz de vaca tropezaron con el celular y lo tiraron al agua.

—¡Cuaaaaaaa! —gritó el pato con horror, y saltó al estanque a buscarlo.

Buceó y buceó, nadó, se zambulló de nuevo... pero nada. No lo encontraba. Se echó a llorar, como si hubiera perdido a su mejor amigo.

Entonces, una joven pata se ofreció a ayudarlo. Hundió la cabeza en el agua, se sumergió y... de las profundidades del estanque, sacó el celular. Estaba empapado y lleno de barro.

El pato acercó el pico al celular y preguntó:

—¿Cua, cua, cua? ¿Cua, cua, cua?

Pero nadie respondió.

El teléfono estaba descompuesto.

El pato volvió a echarse a llorar,

como si se hubiera acabado el mundo.

Cuando por fin paró de llorar y levantó la cabeza, vio que a su alrededor estaban todos sus amigos del estanque mirándolo con preocupación.

—¡Cua, cua, cua! ¡Cua, cua! —le dijo la patita.

El pato se alegró de que hablara su mismo idioma.

—¡Cua, cua! —le respondió y miró a los demás: eran patos bomberos, mosqueteros, princesas... Habían probado la pizza y se la estaban pasando maravillosamente. Después de todo, había valido la pena.

¿Sabes lo que pasó entonces? Que la patita fue hacia él y le dio un beso en la mejilla. Y después, cada uno se fue a encender su computadora, que acababa de llegar.

¡Cuántas cosas nuevas
iban a descubrir!

El buen rey
Barbarratón

Hace muchísimos años, cuando «los tiempos de Maricastaña» eran «los tiempos de la tatarabuela de Mari la joven castañita», había un rey joven y muy impulsivo: nunca pensaba antes de hablar, ni antes de actuar. Así que siempre se metía en problemas. Pero tenía buen corazón y se preocupaba por los más necesitados y también por los más pequeños. Por eso, en su palacio, no permitía que nadie matara ni una mosca ni un ratón.

Cada día, el joven rey tenía que sentarse en su trono y resolver los problemas del reino. Pero nadie sabía que, debajo del trono, había un par de ratones que lo escuchaban todo. Y no les gustaban para nada las decisiones que tomaba el rey.

—¡Sí! —decía cuando tenía que decir que no.

—¡No! —decía cuando tenía que decir que sí.

Un día en que el rey estaba equivocándose muchísimo, los ratones decidieron trepar hasta su cara y, enroscando sus colas a la altura de la barbilla del rey, se colocaron como si fueran una barba.

—¡Silencio, Majestad! —susurró en su oído izquierdo uno de los ratones.

—¡No, hable! ¡Piense primero! —susurró en su oído derecho el otro ratón.

Todo el mundo se quedó mirando al rey que, de pronto, tenía una barba enorme, y no podía contener la risa: los bigotes de los ratones le hacían cosquillas.

Desde aquel día, el rey no se quitó nunca la barba.

—¡Sí! —susurraba un ratón.

—¡No! —susurraba el otro.

Y el rey siempre tenía que detenerse a pensar cuál de los dos tenía razón y por qué.

Así pasaron algunos meses y el joven rey se fue ganando el respeto de sus súbditos, porque siempre parecía tomar la decisión más sabia. Pero llegó el día de tomar la decisión más difícil de todas: debía elegir una reina.

Su primer ministro le trajo una lista con todas las princesas de los alrededores.

—¿Por qué está tachada la princesa Astrid? —preguntó el rey.

El primer ministro se puso colorado y, retorciéndose las manos, respondió:
—Eh... pues... Resulta que ya no es princesa. Ha heredado su reino y ya es reina. Pero... dicen que tiene... un pequeño defectito...

Se acercó al oído del rey para decirle cuál. Pero este, por temor de que descubriera los ratones de su barba, apartó al primer ministro.

—Bueno, bueno… ¡da igual! ¡A mí el aspecto físico no me importa!

—¡Vamos a conocerla! —susurró el ratón del oído izquierdo.

—Sí, ¡vamos! —susurró el ratón del oído derecho, que por primera vez estaba de acuerdo con el otro.

—Iré yo mismo a conocer a la reina —continuó el rey—. Así aprovecharé para viajar y ver otros reinos.

Prepararon su equipaje, su carroza y, unos cuantos días después, salió de viaje.

Cuando llegó al palacio de Astrid, le dijeron que tenía que esperar a su majestad la reina en un salón dorado. El rey esperó y esperó… pero la reina no apareció.

Al día siguiente, lo hicieron esperar en un salón plateado, un poco más pequeño y más oscuro. El rey estuvo todo el día esperando… Pero la reina tampoco apareció. Se fue a dormir muy enfadado.

Al tercer día ocurrió lo mismo, y el salón donde dejaron al rey estaba pintado de negro, tenía las cortinas muy gruesas y, como no se veía nada, casi no se podía caminar sin tropezar.

Por fin, una puerta se abrió y entró una sombra en la habitación.

—¿Quién es? —preguntó el rey, bastante molesto.

—Soy la reina Astrid —respondió una voz muy bonita.

—¡Abre la cortina! —susurró el ratón del oído izquierdo.

—¡No! ¡No la abras! ¡Seguro que si está cerrada, alguna razón habrá! —susurró el ratón del oído derecho.

El rey tuvo que decidir por sí mismo. Y decidió no ser impulsivo y preguntar:

—Su majestad, ¿por qué estamos a oscuras?

—Me gusta la oscuridad —respondió Astrid.

—Pero así no puedo verla.

—Pero podemos hablar —repuso ella—, y conocernos.

y hablaron. Y hablaron tanto que se hizo de noche
y todavía seguían hablando. Y riendo.

Y salieron la Luna y las estrellas, pero ninguno de los dos las vieron. Y sin darse cuenta, tan felices como estaban sin parar de hablar, volvió a hacerse de día.

Entonces, cuando salió el sol, sin darse cuenta de lo que hacía, el rey abrió las cortinas. Y vio que la reina de la que se había enamorado... tenía una gran barba.

Astrid se puso colorada. Pero de pronto, parte de su barba se descolgó: el ratón que se agarraba de la oreja izquierda se había quedado dormido.

La reina sonrió. El rey sonrió.

Ambos eran impulsivos.

Dejaron dormir a los cuatro ratones sobre un cojín, tapaditos con la gruesa cortina, y se dieron un beso de amor verdadero.

Desde aquel día, ninguno de los dos volvería a necesitar la barba: siempre se consultaron todas las decisiones.

Cuentan que fueron los reyes más sabios de la Historia.

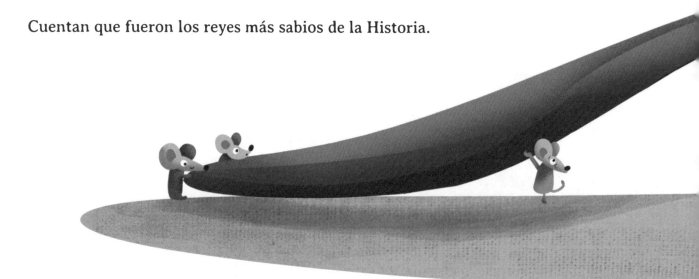

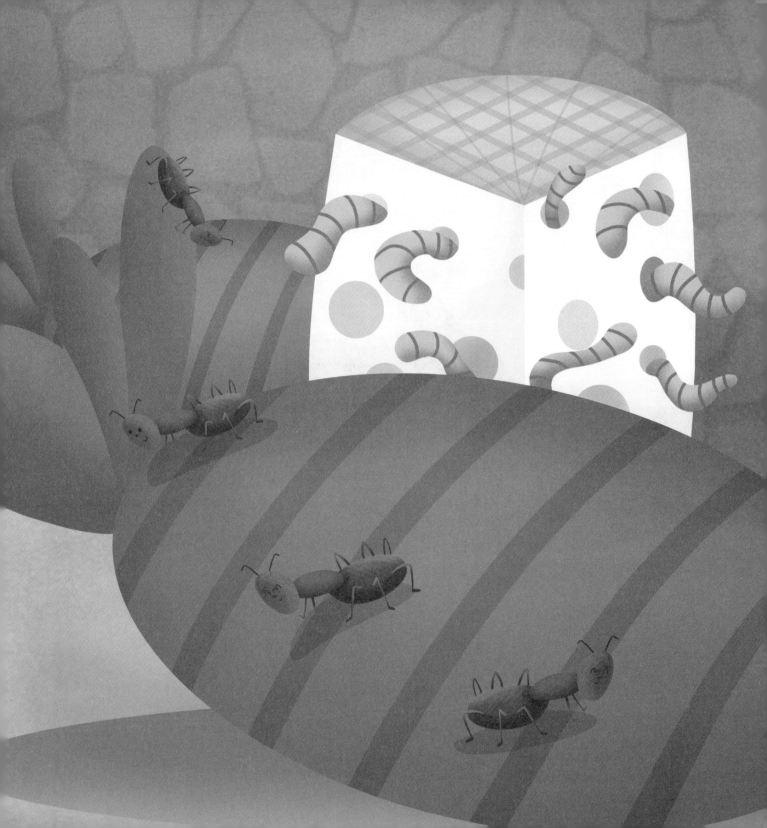

Espaguetta, la bruja escrupulosa

Lo normal es que a todos nos den asco ciertas cosas. Los chicles masticados, un caramelo lleno de hormigas, los quesos azules donde viven los gusanos...

Pero aunque parezca increíble, hay gente a la que nunca le da asco nada: por ejemplo, a las brujas. Se rodean de cosas terriblemente asquerosas, pero a ellas les encantan. Es más, les dan la risa. ¡¡JA, JA, JA!!

Este cuento ocurre en una casa muy sucia, repleta de telarañas, de babas de caracol y de líquidos verdes que cuelgan de las paredes y nadie sabe qué son. Una casa llena de carcajadas de bruja: ¡¡JA, JA, JA!! Allí vivían cuatro, y todas eran hermanas: Marieta, Enriqueta, Croqueta y Espaguetta. Se llevaban muy bien entre sí, pero a pesar de todo, los vecinos no paraban de oír insultos, golpes y explosiones.

Cuando Espaguetta, la hermana menor, tenía 6 años, ya era la bruja perfecta: tenía los dientes amarillos, el pelo tan enredado que parecía el nido de un buitre, y al reír provocaba tanto miedo que todo el pueblo (incluido el alcalde) se echaba a temblar, pensando que había un terremoto. ¡¡JA, JA, JA!!

Un día, haciendo un experimento, se equivocó de frasco y echó en el caldero garras de perro en vez de alas de mosca. Cuando probó el resultado (que, por cierto, estaba buenísimo), todo se llenó de humo y...

¡BUM!: olor a pies, tan intenso que hasta Espaguetta se desmayó.

Al despertar, unos minutos después, todo le daba asco: los botes que había en la estantería llenos de dientes de momia y ojos de lagartija, los rabos de ratón de los floreros, las paredes mugrientas, las pelusas, enormes como intestinos, y el gato pulgoso que le acarició de pronto la pierna.

—¡Ay, madre mía!

¡Qué ascazo más grande!

¡Qué asquete!

¡Qué asquito!

¡Me da un ataquito...!

—gritó mientras corría hacia su cuarto intentando no rozar las paredes.

La pobre se pasó llorando todo el día. ¿Cómo podría seguir siendo bruja si todo le daba asco? Se miró en el espejo. Era horrorosa. Desde su flequillo, tres piojos la miraron con pena e intentaron animarla haciéndole cosquillas. Al notar el picor, Espaguetta volvió a sollozar:

—¡Ay, madre mía!

¡Qué ascazo más grande!

¡Qué asquete!

¡Qué asquito!

¡Me da un ataquito...!

Marieta, Enriqueta y Croqueta llamaron a la puerta de su habitación.

—Hermana, ¿qué te pasa? —dijo Marieta, asomando la cabeza.

—El gato dice que ahora todo te da asco... —añadió Enriqueta, asomando la suya.

—Y sus pulgas, que quieres ser princesa —finalizó Croqueta.

Espaguetta no respondió. Y así pasaron varios días. Marieta, Enriqueta y Croqueta hicieron varios hechizos para que su hermana volviera a ser la de siempre, pero no lo consiguieron. Al final, Espaguetta decidió vencer el asco por sí misma, y salió de la habitación. Iba vestida de princesa. Pero era una princesa... espantosa.

«Iré poco a poco», pensó. Vio un charco viscoso en el pasillo y se quitó el zapatito rosa. Después se quitó el calcetín negro agujereado. Comenzó a temblar. ¿Se atrevería a tocar aquella cosa con el dedo gordo del pie? Tembló más todavía. «Vamos, es ahora o nunca», se dijo, «sin pensar». ¡PLAS!

—¡Ay, madre mía!

¡Qué ascazo más grande!   ¡Qué asquete!   ¡Qué asquito!

¡Me da un ataquito...!

—repitió, con el pie dentro de aquel líquido resbaloso.

—¿Te gusta? —preguntó un caracol desde el suelo.

—¿Que si me gusta? ¿Cómo me va a gustar? —repuso Espaguetta—. ¡Me da muchísimo asco!

—Pues a mí sí me gusta —respondió el caracol—. Pero es que a mí me gusta todo. Esa baba que estás pisando la dejó mi querida tía Ambrosia antes de partir al Nuevo Mundo, hace cuatro siglos —el caracol miró la baba con cariño, y le dio un beso. Espaguetta apartó el pie.

—¿Y esa araña de ahí? —señaló con asco a la pared—. ¿También te gusta?

—Claro —respondió el caracol—. Es mi amiga Ramona. Jugamos a las cartas todas las tardes —dijo, lanzándole un beso a la araña—. No le digas nada, pero la dejo ganar.

—Los caracoles lo amamos todo —continuó—. Por eso andamos chupando el mundo.

Le vamos dando un beso muuuuy largo.

Espaguetta miró el charco pegajoso junto a su pie. A lo mejor no era tan asqueroso...
Poco a poco, empezó a mirar las cosas con mirada de caracol, es decir, con cariño.
Las cosas asquerosas, los animales venenosos, los cactus del jardín... e incluso a sus
hermanas. Y lo volvió a tocar todo. ¡Hasta lo que decía «No tocar»! Bueno, excepto la
ropa de princesa, que fue a parar directamente al bote de la basura.

Cuando aquel día se puso el sol tras la casa de las cuatro brujas,
el rastro de beso de caracol
parecía envolverla, desde el sótano hasta el tejado,
con un hilo de plata.

Cuentos con queso, ¿saben a beso?

Había una vez una familia muy grande de ratones. Cada noche, Papá Ratón bañaba a todos sus hijos en una taza de té y los frotaba con un cepillo de dientes. Después, Mamá Ratona les contaba un cuento y les daba un trocito de queso antes de dormir.

Pero, como el queso tenía agujeros, siempre le tocaba a algún pobre ratón el agujero. A ese ratón, y solo a ese, Mamá Ratona le daba un beso.

Una noche, cuando preguntó a quién le había tocado el agujero, todos los ratoncitos levantaron la mano. ¡Se lo habían repartido! Ninguno quería quedarse sin beso.

Aquel fue el día en que se inventó «el beso de las buenas noches».

Los gatos se lo copiaron a los ratones, los perros a los gatos, los pájaros a los perros y… así hasta llegar a las personas.

¡Ah!, y también ese fue el último día que un ratón se fue a la cama con el estómago vacía.

SINFÍN (de besos).